PHILIPPE
DELERM
MARTINE
DELERM

FRAGILES

Seuil

Si la courbe du temps épousait tout à fait la courbe de la Terre, il n'y aurait plus rien à devenir, à espérer. Mais il y a cette lisière, cette infime clairière qui change tout... Une langue d'espace où les secondes disparaissent, deviennent un battement de cœur. Un enfant peut venir, le mystère reste entier.

VIII

Lumière la plus haute, transparence du regard. Rien ne sépare de plus loin – ailleurs est un pays d'ici. Un anneau pour Saturne, un autre encore pour une planète inconnue, la plus belle, la plus pure. Pour s'approcher du ciel, pas besoin d'être grand – mais connaître par cœur le jeu des anneaux, le silence. Lancer très haut vers l'inconnu les anneaux clairs. Ne pas douter, ne pas comprendre. Regarder.

Partout on s'emmène soi-même. Alors partir sans vouloir un ailleurs. Partir pour se trouver. Dans le silence, dans l'espace. Juste au-dessus du temps, juste au-delà des peines. Partir sans oublier. Pour regarder de plus haut, faire semblant de se laisser aller au vent. Pour inventer le sens du fil qui nous attache.

Chaque jour sans lever les yeux. La tâche est là, rituelle, évidente. Si dérisoire, si souvent. Longtemps, ô si longtemps rien ne semble changer. Il faut rester les yeux rivés au sol. Quelque part une aube se prépare.

C'est le regard qui fait le monde.

Bulles de temps, gouttes légères. À peine un souffle, et l'eau se gonfle de secret, se détache, s'envole. À peine un souffle, et la mélancolie part en voyage. Un peu plus haut, les frontières s'effacent, un peu plus loin. Les peines s'apprivoisent dans l'espace. La terre devient bulle, et la bulle une terre.

Il y a des jours où les citrouilles ne sont que des citrouilles.

À moi de jouer. Personne ne le sait encore. Je n'ai plus envie de bouger, pas envie de changer. Pourquoi faut-il choisir, pourquoi faut-il agir ? Tout semblait si simple. Je n'avais rien encore à séparer. Mais les ombres s'allongent, à quoi bon reculer ? Bientôt je n'appartiendrai plus qu'à la moitié du monde. À moi de jouer.

J'ai cru me faire de la lumière et je t'ai fait de l'ombre, plus longue maintenant, je sais, le soir descend. Les failles du passé sont familières : elles ne s'écartent plus, ne se rapprochent pas. Est-ce que nous attendons le même rayon vert ?

Cette mélancolie qui vient, avant. Jamais les choses n'avaient semblé si proches, si bonnes, si faciles à goûter. Jamais la lumière n'avait atteint cette paix absolue. Mais on n'est pas vraiment dupe. Cette sérénité, c'est parce qu'on est au bord de la quitter ; cette immobilité, c'est parce qu'on va se lever, s'élancer. Il y aura tant à regretter. C'est effrayant ce que le monde est calme, avant.

LA DÉSOBÉISSANCE

Quelques pages arrachées, le vent qui souffle,
un air de liberté.

Être seul sans solitude. Devenir à la fois l'île et le bateau qui rêve d'île. Tenir l'espace sans bouger, arrêter le temps sans cesser d'avancer. Heureux, désespéré, heureux, brûler, geler. Garder l'enfance. Lire.

Je ne suis pas funambule. J'avance pas à pas. Je ne sais rien des jours, je glisse sur un fil, au loin je ne vois pas. Si je regarde en bas c'est le vertige, je ne regarde pas. Je risque à chaque pas et j'avance, docile. À chaque risque le bonheur est là. J'avance vers moi ; le bout du fil n'existe pas.

Je ne viens pas du hasard. Tant de choses m'attachent, me retiennent, tant de voix m'accompagnent, au-delà du silence, après m'avoir parlé. Mais je porte ma chaîne, et j'avance quand même, et je découvre que le chemin n'est pas tracé.

LE DÉBUT

LA FIN

À quoi bon sortir ? Je m'emmène partout ; partout je me fais de l'ombre. Et puis je suis bien comme ça, je connais mes limites, me resserre, me ressemble. Je regarde. Le monde me traverse, ou bien c'est moi qui le contiens. Quelqu'un attend autant que moi, sinon je ne serais pas triste. Quelqu'un s'attend. Quelqu'un m'attend. Ne pas bouger, ne rien effaroucher. Quand le temps nous aura fait trop mal un jour viendra.

Elle a toujours sa sœur jumelle. Elles ont grandi ensemble, et le monde était rond. Elles portaient les mêmes robes. Un jour, elles ont cru qu'elles avaient changé. Elles ont choisi des couleurs différentes. Elles ont tellement peur de trop se ressembler qu'elles ne veulent plus se regarder.

Il ne faut pas y croire. Ce temps qu'ils voudraient imposer n'est pas la vie. C'est très bien qu'ils se trompent : le malheur des autres ne console de rien. C'est le contraire de nos jours, ces catastrophes à faire semblant de partager, entre la météo et la publicité. On n'y sera jamais ensemble.

Et je vivrai cette ombre dessinée contre l'oubli.

Ils voulaient que je me ressemble à leur idée. Qu'ils gardent mon reflet, ma chaîne, tout mon faux passé. Dans le vent froid de leur silence je m'envole. Enfin.

L'absence ce n'est rien. Une table posée contre l'océan du silence, de l'encre et du papier. Tout est très fort, la nuit s'efface ou la nuit vient, je n'ai pas peur. La tête un peu penchée, je ne regarde que la feuille de papier. Les mots s'envolent et tu es là. L'absence ce n'est rien – un peu de temps très pur pour inventer demain.

On s'est risqué, on a failli couler, on a nagé tant bien que mal. On sait que l'eau est infinie, qu'on n'apprivoisera jamais tous les courants secrets. L'obscurité est si profonde, alors pourquoi tenter de tout geler ? La glace de la vérité coupe et déchire à la surface, dérisoire. Bientôt, elle ne sera plus de saison. C'est un hiver de soi, la certitude.

J'ai peur du jour où je n'aurai plus peur.

Je n'aime pas cette question que je me pose. Je voudrais aimer la réponse, seulement. Entre les miroirs, seuls les autres me voient. Alors je fuis, je vis, je me sens libre, je m'oublie. Les autres me reconnaissent, et ne me connaissent pas. Je reviens au miroir. Je crois quelquefois me connaître – et je ne me reconnais pas.

Feuilles d'arbres froissées, feuilles séchées, les choses se détachent. Un peu moins de couleurs, un peu moins de parfums, les jours tombent en sommeil. Le soleil est resté, dilué dans le brouillard. Été de la Saint-Martin, lent regard de novembre, les feuilles de la vie deviennent au ralenti des feuilles de papier.

Il ne restera rien qu'une courbe d'épaule.

Avec l'eau pure des instants volés. L'eau forte des secrets, l'eau calme et simple des jours sans importance. Avec rien à donner mais tout le temps perdu, le courage des heures et les rêves blessés. Pour inventer quelqu'un de l'autre côté du silence ; pour l'ombre d'un sourire et la fraîcheur d'un long feuillage, cet arbre de douceur au cœur du monde.

On ne sait rien de plus. Parfois on se croit nu, parfois on se croit libre, et quelquefois perdu. Où sont les traces effacées, vont-elles toutes disparaître ? Y avait-il un chemin ? S'est-il arrêté quelque part ? A-t-il recommencé ? Pourquoi ne peut-on pas vraiment se retourner ? L'air semble si léger, mais on n'a rien appris. On n'est jamais au bout de soi, au bout de rien. On se sent las, on se sent bien.

Juste semer quelques graines, et les abandonner au temps. Surtout ne rien précipiter. Se contenter du moindre signe. Devenir allié du silence, ami des jours perdus.

On ne sait pas ce qu'on attend. Ce serait tellement simple de voir la vie en noir, la vie en rose. Mais les jours ne se suivent pas, ne se ressemblent pas. Combien de temps perdu ? Aucun. Combien de certitudes ? Pas. Comment sort-on de la coquille ? Fragile.

Le temps	6
L'enfance	9
Le voyage	10
Le courage	12
L'inspiration	15
Le rêve	16
Le désenchantement	18
L'hésitation	20
La séparation	22
L'action	25
La désobéissance	27
La liberté	28
Le bonheur	30
La naissance	33
Le début. La fin	34

La solitude	37
La vérité	38
L'actualité	41
Le chagrin	43
L'impertinence	44
L'absence	46
La certitude	48
La peur	51
L'identité	52
Les souvenirs	54
L'oubli	57
L'amitié	58
L'âge	61
La patience	62
La confiance	64

DES MÊMES AUTEURS

Martine Delerm

Les Jardins de Camille
Ipomée, 1986

Origami
Prix Enfance du Monde
Ipomée/Albin Michel Jeunesse, 1990

Non, les fraises des bois ne mourront pas !
Fleurus, 1991

La Petite Fille incomplète
Mention honorable à la Biennale Bratislava
Ipomée, 1989
Ipomée/Albin Michel Jeunesse, 1991

Je m'appelle Alice
Ipomée/Albin Michel Jeunesse, 1993

Grain de Sel
Éditions Françoise Deflandre, 1995

Crime en coulisses
Magnard Jeunesse, 1999

Zoé
Prix Octogone, 2000
Seuil Jeunesse, 1999

Le Diable bredouille
Magnard, « Théâtre en scène », 2000

Meurtre à la romaine
Magnard Jeunesse, 2000

Peur au musée Grévin
Magnard Jeunesse, 2001

Novembres
Fayard, 2001

Marie Banlieue
Gallimard Jeunesse, 2002

Papiers de soi
Seuil, 2002

Meurtre à Honfleur
Magnard Jeunesse, 2004

Meurtre à Noirmoutier
Magnard Jeunesse, 2004

Meurtre au Salon du Livre
Magnard Jeunesse, 2004

Fany et son fantôme
Gallimard Jeunesse, « Folio-Benjamin », 2004

Marie Marine et l'océan
Seuil, 2005

Illustrations Jeunesse en collaboration

Narcisse
(texte de Jean Chalon)
Ipomée, 1985

Le Grand Livre de bébé
(texte de Ann Rocard)
Fleurus, 2001

Un arbre dans la lune
(texte de Jean Chalon)
Prix Les Enfants de Daudet, décerné par le Jury Goncourt
Rocher Jeunesse, 2003

Philippe Delerm

Le Bonheur, tableaux et bavardages
Le Rocher, 1986, 1990, 1998

Le Buveur de temps
Le Rocher, 1987, 2002

La Fille du bouscat
Milan Jeunesse, 1989

Les Amoureux de l'Hôtel de Ville
Le Rocher, 1993, 2001
et Gallimard, « Folio », n°3976

C'est bien
Milan Jeunesse, 1995, 1998

En pleine lucarne
Milan Jeunesse, 1995, 1998
et Gallimard Jeunesse, « Folio Junior », n°1215

L'Envol
Le Rocher, 1996
et Magnard, 2001
et « Librio », n°280

Sundborn ou Les Jours de lumière
Le Rocher, 1996
et Gallimard, « Folio », n°3041

Sortilège au Muséum
Magnard Jeunesse, 1996, 2004

La Première Gorgée de bière et autres plaisirs minuscules
Gallimard, « L'Arpenteur », 1997

La Malédiction des ruines
Magnard Jeunesse, 1997

La Cinquième Saison
Le Rocher, 1997, 2000
et Gallimard, « Folio », n°3826

Il avait plu tout le dimanche
Mercure de France, 1998
et Gallimard, « Folio », n°3309

Paniers de fruits
Le Rocher, 1998

C'est toujours bien !
Milan Jeunesse, 1998

Le Miroir de ma mère
Le Rocher, 1998

Autumn
Le Rocher, 1998
et Gallimard, « Folio », n°3166

Mister Mouse ou La Métaphysique du terrier
Le Rocher, 1999
et Gallimard, « Folio », n°3470

Le Portique
Le Rocher, 1999
et Gallimard, « Folio », n°3761

Un été pour mémoire
Le Rocher, 2000

Rouen
Champ Vallon, 2000

La Sieste assassinée
Gallimard, « L'Arpenteur », 2001

Intérieur : Vilhelm Hammershoi
Flohic, 2001

Monsieur Spitzweg s'échappe
Le Mercure de France, 2001

Enregistrements pirates
Le Rocher, 2004

Martine et Philippe Delerm

Les chemins nous inventent
Stock, 1997
et « Le Livre de poche », n° 14584

Elle s'appelait Marine
Gallimard Jeunesse, « Folio Junior », n° 901, 1998

Les Glaces du Chimborazo
Magnard Jeunesse, 2002, 2004

Paris, l'instant
Fayard, 2002
et « Le Livre de poche », n° 30054

Philippe Delerm, né en 1950 à Auvers-sur-Oise, voue son écriture à la restitution d'instants fugitifs, à l'intensité des sensations d'enfance. Il est notamment l'auteur de *La Première Gorgée de bière et autres plaisirs minuscules* (L'Arpenteur-Gallimard), *La Sieste assassinée* (L'Arpenteur-Gallimard), *Autumn* (Le Rocher), *Sundborn ou Les Jours de lumière* (Le Rocher). Martine Delerm est née à Paris. Agrégée de Lettres modernes, elle est auteur-illustrateur de nombreux livres pour enfants.

Martine et Philippe Delerm sont tous deux des professeurs passionnés et habitent en Normandie.

Achevé d'imprimer sur les presses
de Mame Imprimeurs à Tours

Dépôt légal : novembre 2004, n°68628
Imprimé en France